Danke!

AF185193

57 Perlen
aus den letzten Jahren

hnm

〜〜Meine Gedichte〜〜

hnm, "l'hérault des nouvelles macabres"
Peter Hipp 📖

Mein Name ist Peter Hipp.
Nach meiner Lehre im Lebensmitteleinzelhandel arbeitete ich einige Jahre als Filialleiter eines großen Discounters. Als diese Zeit vorbei war, arbeitete ich als freier Handelsvertreter für Raumpflegeprodukte eines großen Traditionsunternehmens.

Zur Dichterei bin ich schon in jungen Jahren gekommen. Das Schreiben ist meine wahre Aufgabe.

Mein Künstlername *hnm* entstand zufällig durch eine willkürliche Krakelei. Das wollte ich so nicht stehen lassen und ich dachte, das müsse etwas bedeuten.
Dabei wurde ich im Französischen fündig.
l'hérault des nouvelles macabres

Ich bin 1981 geboren und seit 11 Jahren mit meiner wunderbaren Frau verheiratet. Zusammen haben wir drei wunderbare Söhne.

﹌Meine Gedichte﹌

hnm, "l'hérault des nouvelles macabres"
Peter Hipp 📖

꩜ Meine Gedichte ꩜

hnm, "l'hérault des nouvelles macabres"

Peter Hipp 📖

Frühling in Kempten

Einst trat sie aus dem toten
Winkel meiner Wahrnehmung
In ihrem Kleid dem roten
Engelsgleich ihre Erscheinung

Unverhofft trat sie ins Leben
Meiner ärmlichen Gestalt
Fortan führte alles Streben
Zu ihr – ich wurde langsam alt

Es ist der Frühling angekommen
Er hat mich verliebt gemacht
Blind bin ich und leicht benommen
Die Liebe hat mich angelacht

Nur ein Herz schlägt in meiner Brust
Es sollten derer zwei nur sein
Das eine schlägt für meine Lust
Das andere für mein Glück allein

Es ist der Frühling angekommen
Er hat mich verliebt gemacht
Blind bin ich und leicht benommen
Die Liebe hat mich angelacht

〰Meine Gedichte〰

hnm, "l'hérault des nouvelles macabres"
Peter Hipp 📖

So trete ich nun auf der Stelle
Und kann mich entscheiden nicht
Ich warte auf die nächste Welle
Die mich trägt ins Sternenlicht

Es ist der Frühling angekommen
Er hat mich verliebt gemacht
Blind bin ich und leicht benommen
Die Liebe hat mich angelacht

Es ist der Frühling angekommen
Hat mich vor Liebe krank gemacht
Blind bin ich und leicht benommen
Die Liebe hat mich ausgelacht

Weiße Haut

Auf den Hügeln am Horizont
Liegt die weiße Haut des Lebens
Auf dem Land

Das Winterweiß liegt zart gekonnt
Auf den Hügeln und daneben
Die Weite ist schlicht unbemannt

Wie ein Bogen spannt sie sich
Die weiße Haut und legt sich matt
Zart wie ein Hauch auf alle Teile

Es steht die Zeit fast ewig
Die Weite ist vom Schnee fast satt
Und verharrt ganz ohne Eile

Leg dich weiße Haut – versteck
Das Land und jedes Teil
Du verzauberst all den Dreck
Schenkst meiner Seele wieder Heil

Und alle Zeit bleibt stehen
Wenn die Flocken Frieden bauen
Und manch Kunstwerk bleibt

⌇Meine Gedichte⌇

hnm, "l'hérault des nouvelles macabres"
Peter Hipp 📖

Du musst es mit dem Herzen sehen
Innig tief und heimlich schauen
Halte an was dich sehr treibt

Leg dich weiße Haut – versteck
Das Land und jedes Teil
Du verzauberst all den Dreck
Schenkst meiner Seele wieder Heil

Am Rosenberg

Wild wachsend Zweig und Ast
Dicht und undurchdringbar
Nur der Sonne warmes Licht
Lugt hindurch mir ins Gesicht

Zeitlos liegend ohne Hast
Nackt und unbewegbar
Will mit dem Gras verweben
Für meine Träume einzig leben

Die Rosensträucher auf dem Berg
Sind meiner Sehnsucht Ziel
Wild und wuchernd mächtig Werk
Und Dornen schönen manches Spiel

Wie Lava fließt das rote Blut
So glühend heiß hinab ins Tal
Nur der Sonne strahlend Licht
Wärmt mich ein wenig im Gesicht

⚴Meine Gedichte⚴

hnm, "l'hérault des nouvelles macabres"
Peter Hipp 📖

Zeitlos harrend Fieberglut
Endet hier und jetzt die Qual
Die mir das Leben einzig gab
Nehm ich die Träume mit ins Grab

Die Rosensträucher auf dem Berg
Sind meiner Sehnsucht Ziel
Wild und wuchernd mächtig Werk
Die Dornen schönen manches Spiel

﹌Meine Gedichte﹌

hnm, "l'hérault des nouvelles macabres"
Peter Hipp 📖

Feuersturm

Ein leises Knistern liegt in der Luft
Ein sanftes Flackern und ein Knacken
Es schleicht ein süßer Tannenduft
Durch den Wald zu den Baracken

Wie ein Schleier zieht der Rauch heran
Zieht durch die Zweige und Äste
Der Zorn des Herrn hat es getan
Vertreibt die ungeladnen Gäste

Wie dichter Nebel steigt der Rauch
Feuersäulen lodern in der Nacht
Es brennt im Tann gleich jeder Strauch
Der Feuersturm zeigt seine Macht

Der Feuerball rollt durch den Wald
Brennt alles nieder was er durchquert
In ein paar Stunden viel zu bald
Ein Regenschauer bleibt dem Wald verwehrt

∿Meine Gedichte∿

hnm, "l'hérault des nouvelles macabres"
Peter Hipp 📖

Wie dichter Nebel steigt der Rauch
Feuersäulen lodern in der Nacht
Es brennt im Tann gleich jeder Strauch
Der Feuersturm zeigt seine Macht

In blanker Angst das Tier erzittert
Die blinde Panik treibt es fort
Der Baum zerplatzt in tausend Splitter
Die Asche ziert nun diesen Ort

Wie dichter Nebel steigt der Rauch
Feuersäulen lodern in der Nacht
Es brennt im Tann gleich jeder Strauch
Der Feuersturm hat es vollbracht

Erinnerung

Schneeglöckchen hatte ich im Garten
Rote Rosen und Jasmin
Jahr für Jahr verging durchs Warten
Bis alle Hoffnung war dahin

Es wachsen Heidekraut Narzissen
Und Frauenschuh der mir jedoch zuwider
Von meiner Liebe will ich nichts mehr wissen
So pfeife ich gar traurige Lieder

Die Erinnerung hat Blumen mir geschickt
Ich hatte alles hinter mir gelassen
Doch ab heut bin ich erneut verstrickt
In alles – mit allem muss ich mich befassen

Von rosenroten Nelken lag ein Strauß
Auf der Veranda vor dem Haus
Eine kleine Notiz gerichtet an mich
Auf ihr stand in schlichten Worten – Ich liebe
dich

〰Meine Gedichte〰

hnm, "l'hérault des nouvelles macabres"
Peter Hipp 📖

Die Erinnerung hat Blumen mir geschickt
Ich hatte alles hinter mir gelassen
Doch ab heut bin ich erneut verstrickt
In alles – mit allem muss ich mich befassen

Ihr Leid klagen mir die Zypressen
Ob des Straußes roter Nelken
Der vor der Tür liegt mich zu erpressen
Doch der Lotus will nicht welken

Die Erinnerung hat Blumen mir geschickt
Alles hatte ich hinter mir gelassen
Doch ab heut bin ich erneut verstrickt
In alles – mit allem muss ich mich befassen

3000 Meilen über Null

Hoch oben im Gebirge schau
Liegt ganz leis das Meer
Es wär nicht mehr schwarz und blau
Es spiegelte sich ein Farbenmeer

In den Bergen eingebettet
Spielt mit den Farben der Welt
Das Meer – hast du dagegen gewettet
So lass hinter dir dein Geld

Und die Wellen brechen sich
Dort an dieser Felsenwand
Im Föhnwind schäumt die Gischt
Träumst du nicht von diesem Land

Im Meer sich die Sonne spiegelt
Und es spielt mit deinem Leben
Stets hast du dich eingeigelt
Willst du etwas noch erleben

⌇Meine Gedichte⌇

hnm, *"l'hérault des nouvelles macabres"*
Peter Hipp 📖

So geh hinauf in dieses Land
Wo sich die Wellen brechen
An Felsen wie von Geisterhand
Wo die Berge mit dir sprechen

Hinfort soll dich tragen die Gischt
Und lass hinter dir dein Nichts

Wind der Verdammnis

Nichts mehr werde ich hinterfragen
Der Wind wird stärker und frischt auf
Er wird mich in die Weite tragen
Die reine Wahrheit tischt er auf

Er peitscht sie eiskalt um mein Herz
Und ich kann ihm nicht entgehen
Auf die Erkenntnis folgt der Schmerz
Doch kann ich es nicht verstehen

In meinem Kopf der Wind
In meinem Kopf der Wahn
In meinem Kopf ein Kind
Ich fahre Achterbahn

Den rechten Weg hab ich verpasst
Nur der Wind kann mich noch führen
In die Weite die ich stets gehasst
Doch werde die Wahrheit ich berühren

〰 Meine Gedichte 〰

hnm, *"l'hérault des nouvelles macabres"*
Peter Hipp 📖

Nichts kann mir mein Herz gefrieren
Nur jener Wind raubt mir die Luft
Er wird mir den Hals verschnüren
Bis die Wahrheit erneut verpufft

In meinem Herzen der Wind
In meinem Kopf der Wahn
In meinem Bauch ein Kind
Ich fahre Achterbahn

Federleicht und frei

Und wenn ich tanze
Dann tanz ich um dich
Und wenn ich mich drehe
Dreh ich mich um dich

Du bist nur ein Stein
Der alleine dort steht
Ich bin jetzt allein
Die Welt sich weiterdreht

Federleicht und frei
Von aller schweren Last
Von vorn zähl ich bis drei
Und ich tanze ohne Hast

Einst bist du gegangen
Und ich tanzte für dich
Konnte dir nicht folgen
Drehte weiter mich um dich

Du bist nun der Berg
Den ich erklimmen will
Bin nichts weiter als ein Zwerg
Die Welt um mich herum ist still

Federleicht und frei
Von aller schweren Last
Von vorn zähl ich bis drei
Und ich tanze ohne Hast

Federleicht und frei
Stürze ich mich von dir
Langsam zähle ich bis drei
Dann lass ich alles hinter mir

Frei so frei und federleicht
Bald schon hab ich dich erreicht

Sommermann

Könnt ich doch einmal …

Wie eine Fee so schön und rein
Trittst du mir gegenüber
Weiß bist du und von Zügen so fein
Ich eile mich sonst ist es vorüber

Dein Anblick täuscht mir Freiheit vor
Zeigt mir wie ich gefangen bin
Kopflos taumelnd wie ein Tier
Auf dich zu – verlier den Sinn

Könnt ich doch einmal
Mich meiner Haut entheben
Denn meine Lippen bleich und fahl
Wollen mit den deinen sich verweben

Nur einen Sommer lang dich kosten
Du süße Frucht die mir erschien
Die Klinge meiner Liebe wird nicht rosten
Diesen Sommer der allzu bald dahin

〰️Meine Gedichte〰️

hnm, *"l'hérault des nouvelles macabres"*
Peter Hipp 📖

Könnt ich doch einmal
Mich meiner Haut entheben
Denn meine Lippen bleich und fahl
Wollen mit den deinen sich verweben

Doch ich bin kein Sommermann
Ich lebe nur wenn's eist und schneit
Die schöne Fee tritt nah heran
Und flüstert leis sie sei dem Schnee geweiht

Könnt ich doch einmal
Mich meiner Haut entheben
Denn meine Lippen bleich und fahl
Wollen mit den deinen sich verweben

Blumeninsel

Ich ... ich war schon einmal hier
Ringsherum blühen Blumen und Pflanzen
Die schönen Mädchen tanzen
Die Lebensfreude ist ein Tier

Hier ... hier bleibe ich gerne
Es wachsen Sträucher und Bäume
Es entstehen die schönsten Träume
Und nachts glühen hell die Sterne

Ich will die schönen Mädchen sehen
Mit einer durch das Leben gehen
Und ihr stets die Beine spreizen

Das Lebensglück ist hier zu Haus
Ich muss nicht in die Welt hinaus
Dies Leben würd mich reizen

≋ Meine Gedichte ≋

hnm, *"l'hérault des nouvelles macabres"*
Peter Hipp 📖

Judas

Du hast deine Frau verlassen
Es ist geschehen irgendwie
Hast alles hinter dir gelassen
Nichts erinnert mehr an sie

Du hast sie heimlich holen lassen
So voller Taten warst du noch nie
Die Worte sind es die grade passen
Die sie verstehen muss irgendwie

Ruinen stehen wo einst Seelen
Von Schmerzen frei und unberührt
Einst musste ich mir dein Herz stehlen
Doch Judas ward vom Hahn verführt

Sie muss durch die Hölle gehen
Sie wird erwartet in der Früh
Niemals wird sie dies verstehen
Ihr Gottvertrauen ist perdu

〰Meine Gedichte〰

hnm, "l'hérault des nouvelles macabres"
Peter Hipp 📖

Ruinen stehen wo einst Seelen
Von Schmerzen frei und unberührt
Einst musste ich mir dein Herz stehlen
Doch Judas ward vom Hahn verführt

Judas hat ihr Herz verraten
Und neue Qualen ihr geschenkt
Ölbäume liefern kalten Schatten
Im Morgengrauen Judas hängt

Ruinen stehen wo einst Seelen
Von Schmerzen frei und unberührt
Einst musste ich mir dein Herz stehlen
Doch Judas ward vom Hahn verführt

Sanfte Begierde

Gib mir einen Kuss
Der mich beglückt
Ich sehne mich so
Machst mich verrückt

Berühre mich sanft
Ich bin bedrückt
Bist ein Superweib
Und gut bestückt

Sanfte Begierde
Die mich fixiert
Ich bin so erregt
Alles vibriert

Pure Leidenschaft
In den Augen
Die mich anblicken
Die mich aussaugen

ꙏ Meine Gedichte ꙏ

hnm, "l'hérault des nouvelles macabres"
Peter Hipp 📖

Sehne mich nach dir
Vermiss dich sehr
Ich will dich halten
Ich will noch mehr

Sanfte Begierde
Die mich erlegt
Meine Lust erwacht
Bin tief bewegt

♒ Meine Gedichte ♒

hnm, "l'hérault des nouvelles macabres"
Peter Hipp 📖

Weiße Spitzen

Geschneit … erneut geschneit
Hat es heute in der Nacht
Die ich in deinem Arm verbracht
Von aller Last war ich befreit

An deine weiche Brust gelehnt
Gierig deine Spitzen suchend
Mutters weißen Saft verschluckend
Zu lange dieses Glück ersehnt

Wieder sind die Spitzen weiß
Die ich in meine Adern treibe
Mich zwischen deinen Beinen reibe
Es ist kalt und mir wird heiß

Lange hat die Sonne gescheint
Der Wind den Trübsinn weggeweht
Gibt es niemanden der es versteht
Ich hab schon immer gern geweint

ᴟᴟ *Meine Gedichte* ᴟᴟ

hnm, *"l'hérault des nouvelles macabres"*
Peter Hipp 📖

Wieder sind die Spitzen weiß
Die ich in meine Adern treibe
Mich zwischen deinen Beinen reibe
Es ist kalt und mir wird heiß

Das Gift das ich begehrte
Es ist weiß und wunderschön
Nichts wird jemals weitergehen
Wenn man mir dies Glück verwehrte

Wieder sind die Spitzen weiß
Die ich in meine Adern treibe
Mich zwischen deinen Beinen reibe
Es ist kalt und mir wird heiß

Bergwerk

Der ging ganz in Flammen auf
Der zuviel im Feuer stierte
Der lebte in Saus und Braus zuhauf
Der nach dem Geld der andern gierte

Der ertrank im Wasser gar
Der sich zu tief hinein begab
Der wusste nicht mehr wo er war
Der schaufelte sich sein nasses Grab

Der fiel der wollt zu hoch hinaus
Der dessen Leiter ihn nicht trug
Der träumte von der Höh o Graus
Der merkte spät dies war Betrug

Der trug sein Kreuz zum letzten Berg
Der den sie zum Sündenbock gemacht
Der der stets ein braver Zwerg
Der manches Wunder hat vollbracht

~Meine Gedichte~

hnm, "l'hérault des nouvelles macabres"
Peter Hipp 📖

Der war ein Esel der 's nicht glaubte
Der der immer den Beweis gewollt
Der war's der den Schlaf mir raubte
Der Fels der nachts vom Berge rollt'

Der Berg der hieß mein Herz
Es stand in Flammen und ertrank
Es war verliebt und trauerte
Es darbot mir manchen Terz
Es flimmerte und ich wurd krank
Es zerbrach ehe ich's ummauerte

Die Luft riecht nach Schnee

Schweigend legt sich Kälte auf das Land
Über Nacht – fest hält sie uns im Griff
Immer näher wie eine weiße Wand
Kommt der Schnee und bringt den letzten
Schliff

Der Winterwind bläst mir ins Gesicht
Ich schmecke den frischen seltnen Duft
Was mich bewegt hat kaum noch Gewicht
Ich fühl mich leicht in dieser kalten Luft

Die Lüfte die meinen Kopf befreien
Sie riechen frisch und riechen nach Schnee
Was schwer mich macht hinauszuschreien
Ist mein Ziel wenn ich in den Winter geh

Ein weißes Kleid trägt bald der Baum
Nur ich trage noch die schweren Lasten
Es schneit mich ein – ein Wintertraum
Ich bleibe stehen ein wenig zu rasten

〰Meine Gedichte〰

hnm, *"l'hérault des nouvelles macabres"*
Peter Hipp 📖

Die Lüfte die meinen Kopf befreien
Sie riechen frisch und riechen nach Schnee
Was schwer mich macht hinauszuschreien
Ist mein Ziel wenn ich in den Winter geh

Die Kälte kriecht unter meine Haut
Sie macht mich zittern doch innehalten
Von meinen blauen Lippen kommt kein Laut
Doch muss ich schreien – den Schmerz nicht
verwalten

Die Lüfte die meinen Kopf befreien
Sie riechen frisch und riechen nach Schnee
Was schwer mich macht hinauszuschreien
Ist mein Ziel wenn ich in den Winter geh

Holzofen

Wenn die Nächte länger werden
Die Sonne eher der Kälte weicht
Ja dann ist die Zeit erreicht
Für die schönste Wärme auf Erden

Im süßen Schweiße meines Angesichts
Den Sommer lang im Wald gewesen
Mein Freund war stets des Baumes Wesen
Nun ist es Zeit für des Feuers Licht

Scheit um Scheit hab ich gerichtet
Und sinnvoll aufeinander geschichtet
Ein Streichholz lässt den Funken springen
Und die Flammen werden singen

Hell und lustig flackern Flammen
Im großen Ofen in der Ecke
Die Zweige die aus dem Walde stammen
Wärmen mich und malen Bilder an die Decke

Scheit um Scheit hab ich gerichtet
Und sinnvoll aufeinander geschichtet
Ein Streichholz lässt den Funken springen
Und die Flammen werden singen

So liege ich in des Feuers Fängen
Die Flammen die mich still umarmen
Schattengebilde die mich umgarnen
Und ich lausche den Gesängen

Scheit um Scheit hab ich gerichtet
Und sinnvoll aufeinander geschichtet
Ein Streichholz lässt die Funken springen
Und die Flammen werden singen

Intrabalkonisch

Nehmen wir einmal an da
Wäre ein Balkon
Sein Boden wäre von Fliesen
Und er wäre von Schnee bedeckt

Ich ginge ganz ganz nah
Erpicht auf meinen Lohn
Ans Fenster beeindruckt vom Riesen
Kübel roten Mohns im Eck

In dem Balkon gehen Dinge vor
Die zu komplex sie zu begreifen
Und am Fenster steht ein Tor
Der spitzt die Lippen um zu pfeifen

︎Meine Gedichte︎

hnm, "l'hérault des nouvelles macabres"
Peter Hipp 📖

Auf intrabalkonische Weise
Reden die Fliesen miteinander
Sie schicken Gedanken auf die Reise
Und sie flüstern lüstern ganz leise
Und sie blicken unbemerkt den an der
Durchs Fenster blickt als hätt er eine Meise

Nebel überm Berg

Bleiern liegt der Nebel
Überm letzten Berg
Verlier ich jetzt das Ziel
War alles ohne Sinn

Zäh zieht sich das Leben
Hinter meiner her
Vor mir liegt das letzte Ziel
Doch seh ich den Gewinn?

Bleiern hängt der Nebel
Überm letzten Ziel
Werde ich es nun verpassen
Irr ich ziellos durch die Straßen

Verliere ich im Nebel
Dieses letzte Spiel
Bin ich ganz verloren
Werde ich niemals neu geboren

∼Meine Gedichte∼

hnm, "l'hérault des nouvelles macabres"

Peter Hipp

Bleiern hängt mein Leben
An diesem letzten Berg
Werde ich die Chance vergeben
Bleibe ich ein kleiner Zwerg

So dürstet es nach Wasser mich

In der Wüste der Einsamen
Dürstet mich nach Lob wie Wasser
Weil die Früchte meiner Samen
Größer geraten je nasser
Der Nährboden und Untergrund
Denn die zarten Pflanzen dürsten
Und sie wachsen wenn sie gesund
Gar prächtig wie grüne Fürsten

So verkümmert meine Arbeit
Wenn sie nun nicht mehr gewässert
Und alles Tun braucht seine Zeit
Nicht im Staube wird's verbessert
Jeder Spross hat ein Lob verdient
Denn er braucht es um zu wachsen
Als Sklave seines Zwecks gedient
Zur Futterpflanze erwachsen

〰Meine Gedichte〰

hnm, "l'hérault des nouvelles macabres"
Peter Hipp 📖

Doch bin verkümmert ich im Staub
Mein Wachstum geriet ins Stocken
Ich hatte Anspruch mit Verlaub
Er liegt auf mir wie ein Brocken
Wuchs zu schief und ungerade
Blätter waren nicht grün genug
Um mein Streben war es schade
Zu hoffen war der größte Trug

Eines Tages fällt der Regen
Es wird für mich zu spät nur sein
Für die Nachwelt soll's ein Segen
Für mich jedoch wird's Hohn nur sein

angstzerfressen

zu denken
dass des dichters seele
in sich
zurückgezogen
unerkannt
und frei von qualen

trugschluss

mit gieriger hand
rücksichtslos
frisst sie ihn
von innen
auf

angst

von der seele
zerfressen

 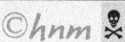

Meine Gedichte

hnm, "l'hérault des nouvelles macabres"
Peter Hipp

aufgefressen
zu sein
weil
verlust von identität
gibt angst
intensität

der letzte tropfen
blut
der seele zum
überlaufen bringt

ist angst
trugschluss

Fressbaracke

Aufpassen – was immer du tust
Dein Leben und du – ihr seid öffentlich
Sieh dich um – sie starren dir Dirn
Löcher in den Bauch – Fragen ins Gehirn

Wirst du wieder versprechen
Zu behalten was du isst
Oder wirst du erneut erbrechen
Weil das so verlockend ist

In der Fressbaracke
Fressattacke
Friss wie toll
Stopf dich voll

Pass auf – steh nicht auf – bleib
Du ziehst die Blicke an
Jeder deiner Schritte überwacht
Hast an die andern du gedacht

〰Meine Gedichte〰

hnm, "l'hérault des nouvelles macabres"
Peter Hipp 📖

Wenn deine Seele kotzt
Zuckt nur der Zeigefinger
Wenn du nicht vor Kräften strotzest
Liegst du bald da wie ein Ringer

Vom Gegner geworfen in der Fressbaracke
Erledigt von der Fressattacke
Jetzt speist du wie toll
Speist all die andern voll

In der Fressbaracke
Fressattacke
Friss wie toll
Stopf dich voll

Und der Zeigefinger zuckt
Wenn grad keiner kuckt

Sex Gewalt & Traurigkeit

In aller Bescheidenheit
Gesagt ich bin ein Mensch
Befinde mich in Traurigkeit
Einsamer suchender Mensch

So brauche ich
Was du auch brauchst
Und so nehme ich
Bin schon hineingetaucht

Die Zitzen wund gelutscht
Denn du bist meine Sau
Ich bin in dich gerutscht
Und befreie mich vom Stau

Der Sex ist für dich zwingend
Möglich macht es die Gewalt für mich
So begatte ich dich singend
Was du willst ist unerheblich

∿∿ *Meine Gedichte* ∿∿

hnm, "*l'hérault des nouvelles macabres*"
Peter Hipp 📖

Die Zitzen wund gelutscht
Denn du bist meine Sau
Ich bin in dich gerutscht
Und befreie mich vom Stau

So ist dein Weg zum Schlachter
Von Sex und Blut gesäumt
Es liegt im Auge des Betrachters
Denn ich hab nur geträumt

Die Zitzen wund gelutscht
Denn du bist meine Sau
Ich bin in dich gerutscht
Und befreie mich vom Stau

Stierblut

Auf den Lippen stets ein Lied
Wandle ich durch die dunkle Nacht
Schießt das Blut hinein ins Glied
Habe ich ein Opfer ausgemacht

Meines Weges geh ich weiter
Alles kreist um den Gedanken
Bald schon wird es wieder heiter
Unter Druck sind meine Planken

Wenn das Blut der Seele mir gefriert
Und mein Opfer wehrlos liegt
Mein Glied in ihr und sie es spürt
Dann hat längst die Gier gesiegt

Aus deinen Lippen tropft ein Lied
Wenn ich mich wie wild beweg
Wie ein Tier ich auf dir lieg
Bald geh ich wieder meinen Weg

～Meine Gedichte～

hnm, *"l'hérault des nouvelles macabres"*
Peter Hipp 📖

Ich wandle durch die schwarze Nacht
Und wieder schießt das Blut hinein
Dann lass ich spüren meine Macht
Das nächste Opfer weiß und rein

Alles kreist um diesen Trieb
Das Opfer wehrlos ist es mein
Und ich ramm hinein mein Glied
Auf den Lippen stets ein Lied

Antworte doch

Seht das ist sie voller Glanz
Unerreichbar schön und rein
Und von besondrer Eigenart
Sie ist betrübt und ganz allein

Ganz ergreift sie von meiner Besitz
So schön und weiß und engelsgleich
Das Schicksal hat sie mir genommen
Nun liegt sie leblos da und kreidebleich

Ich schreie sie an schrei gegen den Wind
Doch sie liegt und atmet nicht mehr
Vor mir gebettet das bleiche Kind
Es war die Zeit und meine Tat wiegt schwer

Antworte doch und ich schreie weiter noch
Doch sie bleibt unbewegt – kein Sterbenswort
Stets wollte ich nur sie – mein Engel mein
Sie ist gegangen an einen anderen Ort

〰Meine Gedichte〰

hnm, "l'hérault des nouvelles macabres"
Peter Hipp 📖

Ich schreie sie an schrei gegen den Wind
Doch sie liegt und atmet nicht mehr
Vor mir gebettet das bleiche Kind
Es war die Zeit und meine Tat wiegt schwer

Sie war unerreichbar schön und rein
Doch ihr Schicksal hab ich beschlossen
Niemals sollte sie von mir gehen
Ich hielt sie fest war wild entschlossen

Ich schreie sie an schrei gegen den Wind
Doch sie liegt und atmet nicht mehr
Vor mir gebettet das bleiche Kind
Es war die Zeit und meine Tat wiegt schwer

Weiße Lilie

Im Liliental am Fuß des Feuerbergs
Da wohnt Schneewittchen ohne Zwerg
Sie wohnt allein inmitten der Natur
Und in ihr tickt die innere Uhr

In den Auen im weißen Liliental
Ahnt sie nichts von meiner Qual
Und sie erfreut sich an dem Leben
Ich will ihr meine Liebe geben

Die Lilie ist nur eine von vielen
Scheinbar – denn nur mit ihr will ich spielen
Überzeugt bin ich von ihrem Wesen
Ich hab es in ihren Augen gelesen

Mich hat sie geblendet die Reinheit
Sie erstrahlt in voller Schönheit
Niemals lässt sie mich wieder gehen
Wer es nicht kennt wird es nicht verstehen

∿Meine Gedichte∿

hnm, *"l'hérault des nouvelles macabres"*
Peter Hipp 📖

Die Lilie ist nur eine von vielen
Scheinbar – denn nur mit ihr will ich spielen
Überzeugt bin ich von ihrem Wesen
Ich hab es in ihren Augen gelesen

Doch alle Schönheit ist vergänglich
Das Leben ist nicht ungefährlich
Die Toten werden uns begleiten
Wenn wir die letzte Schwelle beschreiten

Die Lilie ist nur eine von vielen
Scheinbar – denn nur mit ihr will ich spielen
Überzeugt bin ich von ihrem Wesen
Ich hab es in ihren Augen gelesen

Unterm Apfelbaum

Lange schon liege ich nun da
In der Ecke meines Gartens
Und nichts ist mir so nah
Als die ganze Zeit des Wartens

Wenn die Wolken weiter ziehen
Ist mir gar die Zeit auch fern
Die Zeit sie scheint mir zu entfliehen
Doch liege ich und warte gern

Die Zeit meine Zeit steht still
Ich warte unterm Apfelbaum
Und könnte leben wenn ich will
Den einen Sehnsuchtstraum

Regungslos verharre ich
Und bleibe einfach liegen
Keiner wird erwarten mich
Will auf den Wolken fliegen

〰Meine Gedichte〰

hnm, "l'hérault des nouvelles macabres"
Peter Hipp 📖

Die Zeit meine Zeit steht still
Ich warte unterm Apfelbaum
Und könnte leben wenn ich will
Den einen Sehnsuchtstraum

Niemand wird einst meiner missen
Die Nabelschnur ist längst gerissen
So lieg ich um den Herbst zu ehren
Dessen Früchte solln mich nähren

Die Zeit meine Zeit steht still
Ich warte unterm Apfelbaum
Und könnte leben wenn ich will
Den einen Sehnsuchtstraum

Das Glücksschweinchen

Den Zitzen zum Verhängnis sind
Die Ferkel schon tot geboren
Die Milch der Sau läuft ohne Kind
Ins Erdenreich und ist verloren

Ein tot gebornes Ferkel bin
Ich und muss schon Abschied nehmen
Meine Geburt war ohne Sinn
Das Glück geschah nur mehr in Schemen

Und ich steh an den Gestaden
Will im kalten Quell noch baden
Winke lächelnd dem Herrn in Gold
So habe ich den Tod gewollt

Durch das Leben nicht belästigt
Denn keine Qual es schenkte mir
So wurde im Glauben gefestigt
Das Ferkelchen dies fromme Tier

ᔍᔍ*Meine Gedichte* ᔍᔍ

hnm, "l'hérault des nouvelles macabres"
Peter Hipp 📖

Und ich steh an den Gestaden
Will im kalten Quell noch baden
Winke lächelnd dem Herrn in Gold
So habe ich den Tod gewollt

Und keine Milch drang in den Mund
Denn ich verstarb zur ersten Stund
So offenbar Trauer erregt
Hab ich mich nur gen Tod bewegt

Und ich steh an den Gestaden
Will im kalten Quell noch baden
Winke lächelnd dem Herrn in Gold
So habe ich den Tod gewollt

Meerjungfrau

Der alte Mann saß
Und starrte hinaus aufs Meer
In den Wellen er las
Und er seufzte schwer

Seine Tage waren gezählt
Lange fuhr er nicht mehr hinaus
Er kniff die Augen gequält
Im Schatten vor seinem Haus

In der Ferne ein fremdes Wesen
Täuschte ihn das Sonnenlicht
In den Wellen viel gelesen
Er traute seinen Augen nicht

Seemannsgarn schon viel gehört
Die Hoffnung verloren – es hat
Dies Wesen seinen Blick gestört
Es hüpft sein Herz und setzt ihn matt

⚏ Meine Gedichte ⚏

hnm, *"l'hérault des nouvelles macabres"*
Peter Hipp 📖

In der Ferne ein fremdes Wesen
Täuschte ihn das Sonnenlicht
In den Wellen viel gelesen
Er traute seinen Augen nicht

Näher schwamm das Wesen heran
Es kam zu ihm ihn zu begleiten
Die Augen feucht – der alte Mann
Sollte noch einmal auf den Wellen reiten

In der Ferne ein fremdes Wesen
Täuschte ihn das Sonnenlicht
In den Wellen viel gelesen
Er traute seinen Augen nicht

In der Ferne das fremde Wesen
Es täuschte ihn die Sonne nicht
In den Wellen recht gelesen
Er verlor sein Augenlicht

Sohn

Sein sonniges Wesen
Sein kleines Leben
Sein einfaches Sein
Seine Art zu erleben

Seine Dankbarkeit
Seine minimalen Ansprüche
Seine Bescheidenheit
Seine weisen Aussprüche

Die er noch nicht sagt
Die er preisgibt
Indem er dich ansieht
Sein Blick mit dem er dich liebt

Seine Zufriedenheit
Die dein Glück bedeutet
Sein sonniges Lachen
Mit dem er dich erbeutet

༘Meine Gedichte༘

hnm, "l'hérault des nouvelles macabres"
Peter Hipp 📖

Es ist dein Sohn
Neben dem du liegst
Es ist dein Sohn
Den du in den Armen wiegst

Es ist dein Sohn
Den sie zur Welt gebracht
Es ist dein Sohn
Den ihr aus Liebe habt gemacht

FERN sehen

NEIN – Ich will nicht fernsehen
DENN – Ich habe eigne Bilder
BILDER die kein Mensch gesehen
SIE sind nicht bunt nur etwas wilder

ICH lass meine Blicke schweifen
BRAUCH keine Nachricht von der Welt
WILL davon nichts verstehen nichts begreifen
NICHTS das sich zur Einsamkeit gesellt

ICH will nur sitzen oder liegen
NICHTS nein nichts wird meine Ruhe stören
SCHAU nur die Bilder die zum Himmel
fliegen
KANN die Krähen die schon kreisen hören

NEIN – Ich will keine Fernsehschau
DENN ich habe eigne Bilder
DIE ich aus Worten selbst erbau
MEINE Gedanken werden noch wilder

QUÄL mich nicht mit diesem Medium
KANN Lug von Trug nicht unterscheiden
ALLES ist möglich im Universum
NEIN – Ich bin gar nicht zu beneiden

DIE Bilder die kein Mensch gesehen
SIE werden schwärzer noch und wilder
NEIN – Ich kann nicht einfach fernsehen
DENN – Ich will meine eignen Bilder

Advent

Stille ist nun eingekehrt
Die Hektik bleibt vergessen
Stille die mir sonst verwehrt
Vom Stress bin ich zerfressen

Stille legt sich wie ein Tuch
Über all das hektische Treiben
Sie lastet auf mir wie ein Fluch
Und doch will ich stehen bleiben

Im Advent ein Lichtlein brennt
Still leuchtet es mir heim
Die Stille mich vom Leben trennt
Die Lust erstickt im Keim

So ganz zur Ruhe komm ich nicht
Die Geister hab ich schon gerufen
Was passiert fällt ins Gewicht
Nicht bedacht als sie mich schufen

∼Meine Gedichte∼

hnm, "l'hérault des nouvelles macabres"
Peter Hipp 📖

Jm Advent ein Lichtlein brennt
Still leuchtet es mir heim
Die Stille mich vom Leben trennt
Die Lust erstickt im Keim

Die Fratzen lachen stumm mich aus
Gesichter grässlich und gemein
Sie schleichen heimlich um mein Haus
Jch habe Angst sie kommen rein

Jm Advent ein Lichtlein brennt
Still leuchtet es mir heim
Die Stille mich vom Leben trennt
Die Lust erstickt im Keim

Komakaufen

Einmal mehr zieh ich nun los
Denn mein Bedarf ist übergroß
Ich will mich nur mal informieren
Und nur ein wenig konsumieren

Ei – wie die Angebote locken
Und der Preis kein großer Brocken
All die Dinge muss ich haben
Will mich an tollen Gütern laben

Es sind die Dinge die ich brauch
Wie viel davon hab ich denn noch
Die Preise sind nur flüchtig Rauch
In meinem Herzen ist ein Loch

Wieder bin ich losgezogen
Ob virtuell oder real
Fühl mich von vielem angezogen
Denn was ich kauf ist mir egal

Meine Gedichte

hnm, "l'hérault des nouvelles macabres"

Peter Hipp 📖

Es sind nur Dinge die ich brauch
Wie viel hab ich denn davon noch
Die Preise sind nur flüchtig Rauch
In meinem Herzen ist ein Loch

Und ist mir diese Welt auch fremd
Ich tröste mich mit dem Konsüm
Ich kaufe nicht mein letztes Hemd
Ich bade weiter im Parfüm

Es sind nur Dinge die ich brauch
Wie viel davon hab ich denn noch
Die Preise sind nur flüchtig Rauch
In meiner Seele klafft ein Loch

≋ Meine Gedichte ≋

hnm, "l'hérault des nouvelles macabres"
Peter Hipp 📖

Nein zur neuen Kunst

Legt sich der blaue Dunst
Auf die schreienden Worte
Nieder wie ein Schleier
Steht vorn ein Schreier
An jenem kahlen Orte
Und verkündet neue Kunst

Er plärrt wie ein Berserker
Schmeißt mit schrillen Worten
Um sich und seine Figur
Von Rhythmus keine Spur
An diesen kläglichen Orten
Selbst nennt er sich Handwerker
Seine Schreie werden stärker
Verlangen nach Antworten
Doch gnadenlos zeigt sich die Uhr

﹌Meine Gedichte﹌

hnm, "l'hérault des nouvelles macabres"
Peter Hipp 📖

Die Gedanken gehen unter
Im kreischenden Applaus
Die Idee ist schon verloren
Bevor sie ganz geboren
All dieser neue Graus
Zieht die Haut mir runter
Einst werde ich wieder munter
Wenn die neue Kunst ist aus
Erstickt im Anfang alle Sporen

Streit

Das Wort stand ganz im Anfang
Und wusste nicht wie es einst wird
Zu seiner Bedeutung kam noch der Klang
Den Sinn zu drehen – verstehen wir nichts
verwirrt

Ein Wort gibt sich dem anderen Worte
Was noch nicht ausgesprochen leicht gesagt
Unverstanden wandelt es auf düsterer Pforte
Geht nicht ein nicht aus – Verhandlung vertagt

Dem Streit
Wir uns wieder mal ergeben
Denn Streit
Streit ist unser Leben

Und wenn wir uns im Ton vergreifen
Manchmal einfach zur Verteidigung
Momente in denen wir nicht begreifen
Wie schmerzhaft so manche Beleidigung

〰 *Meine Gedichte* 〰

hnm, *"l'hérault des nouvelles macabres"*
Peter Hipp 📖

Dem Streit
Wir uns wieder mal ergeben
Denn Streit
Streit ist unser Leben

So streiten wir zu allen Zeiten
Als gäbe es keinen Morgen danach
Die Nerven wahrhaft gespannt wie Saiten
Einer Geige deren süßer Klang liegt brach

Dem Streit
Wir uns wieder mal ergeben
Denn Streit
Streit ist unser Leben

Kirschblütenweiß

Habe ich es wirklich besser
Oder schneidet mich auch nur ihr Messer
Tausendfach zarte Kirschblüten
Sollte ich mich vor ihnen hüten

Liebe hört auf kein Kommando
Liebe kommt und Liebe geht
Sie nicht zu fühlen ist so und so
Ein Fehler auch wenn sie vergeht

So wie die Kirschblüten blühen
Und vom nächsten Sommer zeugen
Das Blütenweiß will weiterziehen
Ich will mich der Liebe beugen

Die Kirschblüten schneidet das Messer
Sie fallen und mir geht es besser
Doch noch lange nicht befreit
Bin ich von meinem Liebesleid

∿Meine Gedichte∿

hnm, *"l'hérault des nouvelles macabres"*
Peter Hipp 📖

Liebe hört auf kein Kommando
Liebe geht und kehrt zurück
Sie nicht zu spüren ist so und so
Ein Fehler und verlorenes Glück

So wie die Kirschblüten blühen
Und vom nächsten Sommer zeugen
Das Blütenweiß will weiterziehen
Es muss sich meinem Messer beugen

Ich will mich der Liebe beugen
Sie muss sich meinem Messer beugen
Vom Baum muss ich heruntersteigen
Zu dir mein weißer Blütenreigen

Liebe hört auf kein Kommando
Liebe geht und kehrt zurück
Sie nicht zu spüren ist so und so
Ein Fehler und verlorenes Glück

Der Galgen singt sein altes Lied

Im Winde wankend das Gebälk
Müde schnaufend es ächzt schon schwer
Gleich einer Rose einst verwelk
Ich und verblühe mehr und mehr

Es ruft der Galgen mich herbei
Auf seinen Ruf ich folgen muss
Mein Leben zieht an mir vorbei
Der Strick gibt mir den letzten Kuss

Schon knarrt und jammert der Balken
Von meinem gar schweren Gewicht
Am Himmel kreisen drei Falken
Der Henker versteckt sein Gesicht

Wer war es der mich hängen wollt
Wem tat ich einst ein arges Leid
Das Glück war mir nicht länger hold
Es hätt mich eher schon befreit

ꙷＭeine Gedichte ꙷ

hnm, "l'hérault des nouvelles macabres"
Peter Hipp 📖

Schon knarrt und jammert der Balken
Von meinem gar schweren Gewicht
Am Himmel kreisen drei Falken
Der Henker versteckt sein Gesicht

Als der letzte Gedanke flieht
Wird der Stuhl mir weggezogen
Der letzte Blick gerad noch sieht
Wer ums Leben mich betrogen

Schon knarrt und jammert der Balken
Von meinem gar schweren Gewicht
Am Himmel kreisen drei Falken
Der Henker entblößt sein Gesicht

Zerrbild

Als nächtens ich mich angeschaut
Im Schlummerlicht der Kerze mein
Hab meinen Augen nicht getraut
Was ich gesehen im fahlen Schein

Es starrt mich eine Fratze an
Die hämisch mein Gesicht fixiert
Ich frage mich wer ist der Mann
Der wie besessen mich anstiert

Das Glas – Zerrbild meiner Seele
Spiegelt meinen schlimmsten Albtraum
Doch ich missachte die Befehle
Die schreien quer durch diesen Raum

Ich will mich nicht erkennen – nein
Das kann nicht sein – das kann nicht sein
Denn mein Gesicht ist nur verzerrt
Den Albtraum längst ihn eingesperrt

ᴹ Meine Gedichte ᴹ

hnm, *"l'hérault des nouvelles macabres"*
Peter Hipp 📖

Das Glas – Zerrbild meiner Seele
Spiegelt meinen schlimmsten Albtraum
Doch ich missachte die Befehle
Die schreien quer durch diesen Raum

Dem Spiegel entsteigen Fratzen
Und heißen mich sehr willkommen
Sie schleichen auf leisen Tatzen
Und lassen mich nicht entkommen

Das Glas – Zerrbild meiner Seele
Spiegelt meinen schlimmsten Albtraum
Doch ich missachte die Befehle
Die schreien quer durch diesen Raum

Trugschluss

Ich dachte
Ich stünde auf der Sonnenseite
Doch als ich erwachte
Stand ich im Regen
Konnte mich nicht bewegen
Vor mir erstreckte sich eine Weite

Ich dachte
Ich gehörte auf die Sonnenseite
Doch als ich erwachte
Stand ich im Schatten
Um meine Füße kreisten die Ratten
Niemand war an meiner Seite

Aus meinen Träumen
Bin jäh ich aufgewacht
Und ich habe gedacht
Ich bin zu Haus in schönen Auen
Die gesäumt sind von großen Bäumen
Die mich einladen zum Schauen

∿Meine Gedichte∿

hnm, *"l'hérault des nouvelles macabres"*
Peter Hipp 📖

In kalter Gräunis
Bin stehen ich geblieben
Ich dachte
Es ginge immer so weiter
Doch sachte
Verdammt zur Vergängnis
Bin ich getrieben
Und zwanghaft heiter

Die Ratten ihre Zähne wetzen
Ihnen würde es gefallen
Meinem Erkennen ein Ende zu setzen
Und so lasse ich mich fallen

Verlängerung

Gier und Sucht den Traum verlängern
Die alte Liebe rostet nicht
Dunst und Rauch die Lüfte schwängern
Ihren Lauf nimmt diese Geschicht

Die Verlängerung um welchen Preis
Für meine Seele oder Geld
Süße Verführung flüstert leis
Ich hab dir lüstern nachgestellt

Du hast meinen Traum verlängert
Du raffiniertes Teufelsweib
Hätt dich gerne noch geschwängert
Ich flehte noch bleib bei mir bleib

Verlängern was nicht ewig währt
Zu allem intensiv bereit
Ich hab von Hoffnung mich ernährt
Erwartet hab ich meine Zeit

⌇Meine Gedichte⌇

hnm, *"l'hérault des nouvelles macabres"*
Peter Hipp 📖

Du hast meinen Traum verlängert
Du raffiniertes Teufelsweib
Hätt dich gerne noch geschwängert
Ich flehte noch bleib bei mir bleib

Mein Dasein hast du mir zerstört
Hast Gier und Sucht in mir geweckt
Du hast befohlen ich gehört
Am Schluss die Tragik ich entdeckt

Du hast meinen Traum verlängert
Du raffiniertes Teufelsweib
Hätt dich gerne noch geschwängert
Ich flehte noch bleib bei mir bleib

Meine Gedichte

hnm, "l'hérault des nouvelles macabres"
Peter Hipp

Das letzte Gedicht

Mein Gesamtwerk soll es krönen
Doch werd ich dem Ruhm nicht frönen
Eines wird mein letztes Gedicht sein
Es wird für mich ein goldner Schrein

Einst werd ich das Ende erreichen
Zum letzten Mal die Segel streichen
Ein letztes Mal die Feder schwingen
Das hohe Lied noch einmal singen

Eines wird das letzte sein
Bevor den Löffel ich abgebe
Ich bin zur letzten Stund allein
Wenn ich meinen Tod erlebe

Von meinem Schaffen ich betrunken
Aus allen Ecken rufen die Unken
Ich bin berauscht von allzu vielen Weinen
Doch bin mit meinem Schicksal ich im Reinen

⌇Meine Gedichte⌇

hnm, "l'hérault des nouvelles macabres"
Peter Hipp 📖

Dies Gedicht wird das letzte sein
Bevor den Löffel ich abgebe
Ich bin zur letzten Stund allein
Wenn ich zu den Wolken schwebe

Mein Gesamtwerk soll es krönen
Doch werd ich dem Ruhm nicht frönen
Niemand wird Anteil daran nehmen
Denn sie kannten mich nur in Schemen

Dies Gedicht wird das letzte sein
Bevor ich den Federkiel abgebe
Ich bin zur letzten Stund allein
Wenn ich zu den Wolken schwebe

Waldhäuschen

Drei sind in den Wald gegangen
Sie lachten fröhlich sangen laut
Sie ins Gehölz noch tiefer drangen
einfach von zuhause abgehaut

Es waren drei Mädchen nicht alt
voller Freude eilig liefen
Sie suchten das Häuschen im Wald
wollten nicht vom Regen triefen

Im Wald da stand ein Häuschen
Drei kleine Mädchen gingen hin
Ach da spielte ich gern Mäuschen
so klein und grau doch mittendrin

Was die Mädchen dort drin machen
das bringt mich fast um den Verstand
Von Zeit zu Zeit hört man ihr Lachen
Ich kroch zu dem Loch in der Wand

hnm, "l'hérault des nouvelles macabres"
Peter Hipp 📖

Im Wald da stand ein Häuschen
Drei schöne Mädchen gingen hin
Ach da spielte ich gern Mäuschen
so klein und grau doch mittendrin

Was hinter jenem Loch sie zeigen
war wahr und keine Phantasie
Weiße Haut und schön wie Geigen
Wer's nicht gesehen der glaubt das nie

Im Wald da stand ein Häuschen
Drei nackte Mädchen waren drin
Ach da spielte ich gern Mäuschen
so klein und grau doch mittendrin

Vogelhochzeit

Es war einmal ein Rabe
dem keine andere Gabe
war zueigen
als des Vögelns praller Reigen

Im Wald war eine Krähe
sie wollt' dass er sie sähe
Blond färbt' sie ihr Gefieder
und krächzte schmutzige Lieder

Der Rabe der dies mitbekam
packte sich die heiße Braut
Er hielt sie fest ganz ohne Scham
noch ehe sie sich umgeschaut

Sie krächzte ihren Kindertraum
noch aus bei ihrem Liebesakt
Den Raben indes stört das kaum
hat kurz danach die Elster gepackt

≋ *Meine Gedichte* ≋

hnm, "l'hérault des nouvelles macabres"
Peter Hipp 📖

Es war einmal ein Rabe
dem keine andere Gabe
war zueigen
als des Vögelns praller Reigen

Ans Heiraten er dachte nicht
dachte nur an sein Vergnügen
dachte an die Herzen nicht
die er brach mit seinen Lügen

Es war einmal ein Rabe
der war allein im Wald
Seine einzige echte Gabe
half ihm nicht mehr weiter bald

Ein Feld voll Mohn

Völlig frei von allen Sorgen
ich sitzend auf dem Feld
erwarte ich den Morgen
nächtens gleich wie ein Held

Um ich herum der rote Mohn
wächst wild und immer weiter
hör ihn wachsen – blanker Hohn
denn taub bin ich – doch heiter

Mein letzter Platz auf dieser Welt
in Grün und Rot verwuchert – ja
voll wildem Mohn ist dieses Feld
und es ist kein Besucher nah

Aufgeschreckt von meiner Regung
ziehen Vogelscharen weiter
noch eine weitere Bewegung
und der rote Mohn welkt weiter

ᨠ *Meine Gedichte* ᨠ

hnm, *"l'hérault des nouvelles macabres"*
Peter Hipp 📖

Niemand findet diesen Platz
ich habe ihn für mich erwählt
ein Ende hier nach all der Hatz
bis hierhin ich mich gequält

Mein letzter Platz auf dieser Welt
in Grün und Rot verwuchert – ja
voll wildem Mohn ist dieses Feld
und es ist kein Besucher nah

Hier endet meine Welt
keinen Schritt mehr weiter gehen
Voller Mohn ist dieses Feld
nichts anderes ist mehr zu sehen

Mein letzter Platz auf dieser Welt
in Grün und Rot verwuchert – ja
voll wildem Mohn ist dieses Feld
und es ist kein Besucher nah

Aschewolke

Es brennt die Sehnsucht heiß in mir
Sie treibt mich zum Feuerberg zurück
Die Flammen singen ein Lied von dir
Sie flackern und versprechen mir Glück

An jenem Berg sitze ich seit Tagen
Und warte auf dein heißes Feuer
Die Tage gehen und viele Nächte
Es brennt die Sehnsucht ungeheuer

Aschewolke die meinen Sinn vernebelt
Die Sonne verdunkelt es wird Nacht
All mein Verstand wie ausgehebelt
Doch was tun wenn Satan lacht

Ich sitze hier warte auf dein Zeichen
Und hoffe dass ich von dir erwählt
Noch will mich kein Signal erreichen
Doch hab ich die Stunden und Tage gezählt

〰 *Meine Gedichte* 〰

hnm, *"l'hérault des nouvelles macabres"*
Peter Hipp 📖

Aschewolke die meinen Sinn vernebelt
Die Sonne verdunkelt es wird Nacht
All mein Verstand wie ausgehebelt
Doch was tun wenn Satan lacht

Und lodern die Feuer auf dem Berg
Ist der Vulkan endlich erwacht
Die Lava fließt hinab ins Tal
Es leuchtet hell in dunkler Nacht

Aschewolke die meinen Sinn vernebelt
Die Sonne verdunkelt es wird Nacht
All mein Verstand wie ausgehebelt
Doch was tun wenn Satan lacht

Meine Gedichte

hnm, "l'hérault des nouvelles macabres"
Peter Hipp 📖

Frühlingserwachen

Wenn der weiße unschuldige Schnee
Aus Wintertagen
Am Wegrand liegt
Und Trauer trägt

Das bräunliche Grün der Wiesen
Scheint hervor
Und atmet Luft
Und erste Sonnenstrahlen

Das Eis es schmilzt und tränkt den Klee
An Frühlingstagen
Am Wegrand siegt
Was Freude trägt

Ein weißes Glöckchen hat bewiesen
Es reckt sein Haupt empor
Egal wie lang die Winterkluft
Der Natur verdrängt die Sandsandalen

≋Meine Gedichte≋

hnm, "l'hérault des nouvelles macabres"
Peter Hipp 📖

Espenlaub

Wie

Espenlaub zittern

Die Chance wittern

Zu denken an sie

Kälte

∼Meine Gedichte∼

hnm, *"l'hérault des nouvelles macabres"*
Peter Hipp 📖

Stille Zeit und Platz

Inne halten
in sich hinein hören
können dazu
es braucht keine
Nebengeräusche
die vom Inneren
ablenken

Anhalten
und stehen bleiben
können dazu
es braucht keine
Nebenaktivitäten
die vom Wichtigen
ablenken

ꞙ꞊Meine Gedichte꞊ꞙ

hnm, "l'hérault des nouvelles macabres"

Peter Hipp 📖

Erhalten

in was sich ausbreiten

können möglich dazu

es braucht keine

Nebenwände

die vom Raum

ablenken

Der Weißheit letzter Schluss

Wo ein Wille ist
ist manchmal auch ein Weg
auf dem ich fluchend steh
und nicht mehr weiter weiß

Wo ein Wind weht
ist manchmal auch ein Klee
der bald bedeckt vom Schnee
und versinkt in kaltem Eis

Ratlos Richtung Norden blickend
und kein Ziel vor Augen hab
Schnee und Eis ich im Gesicht
die Gedanken nicht mehr frei

Getrieben von Unwissenheit
vor Weißheit ich den Weg verlor
auf dem ich fluchend steh
und zitternd dort erstarre

⚏Meine Gedichte⚏

hnm, "l'hérault des nouvelles macabres"
Peter Hipp 📖

Meine Gedichte

hnm, "l'hérault des nouvelles macabres"
Peter Hipp 📖

Aderlass

Finstere Wolken sind
Am Horizont herauf gezogen
Ein schauriger Wind

Die Wasser rau
Wellen peitschen und die Wogen
Grau in Grau

Kein Silberstreif
Der von Hoffnung heute kündet
Es legt sich frostig Reif

Kein Sonnenstrahl
Der sich mit mir verbündet
Kein Ende meiner Qual

Es färbt sich rot die Welt
Die an Farbe hat verloren
Ein helles Rot wie's mir gefällt
So wird mein Leben neu geboren

ꙮ Meine Gedichte ꙮ

hnm, *"l'hérault des nouvelles macabres"*
Peter Hipp 📖

Keine Hoffnung trage
Ich in meinem Herzen klein
Bis zum Ende meiner Tage

Des Messers Schneide
Verheißt mein Schicksal ganz allein
Ich stehe an der Scheide

Es färbt sich rot die Welt
Die an Farbe hat verloren
Ein helles Rot wie's mir gefällt
So wird mein Leben neu geboren

Das Blut aus meinen Venen
Lässt allein mich Hoffnung schöpfen
Es liegt in meinen Genen
So muss ich selbst mich schröpfen

Es färbt sich rot die Welt
Die an Farbe hat verloren
Ein helles Rot wie's mir gefällt
So wird mein Leben neu geboren

Mir deine Seele

Lag sie da im roten Kleid
Im kalten weißen Schnee
Ihr Haar war schwarz wie Teer
Wie ein Reh die Augen braun

Da lag sie in ihrem Leid
Und jemand tat ihr weh
Mein kleines Herz bleiern schwer
Mit diesem Stein ich sie gehaun

Die Wolllust niemals zügeln
Konnte ich da schlug ich zu
Ihre Angst sollt mich beflügeln
Es geschah die Tat im Nu

Sie lag vor mir im roten Kleid
Im kalten schwarzen Schnee
Ihr schwarzes Haar war rot vom Blut
Ihre Haut war braun vom Schmutz

⌇Meine Gedichte⌇

hnm, "l'hérault des nouvelles macabres"
Peter Hipp 📖

Sie lag starr in ihrem Leid
Die Hand des Mannes tat ihr weh
Ohnmächtig bebend voller Wut
Lag sie nackt und ohne Schutz

Die Wolllust niemals zügeln
Konnte ich da schlug ich zu
Ihre Angst sollt mich beflügeln
Es geschah die Tat im Nu

Ich spür so sehr in mir den Neid
Denn ich hatte niemals eine Fee
Wollt eine haben wollt sie sehr
Wollte nicht länger nur zuschaun

Die Wolllust niemals zügeln
Konnte ich da schlug ich zu
Ihre Angst sollt mich beflügeln
Es geschah die Tat im Nu

Einsturzgefährdet?

Zu Hause stürzen die Wände ein
Das Dach fällt mir auf den Kopf
Ich nehme mir vom süßen Wein
Und häng schon bald am Tropf

Ich kann zu Hause nicht mehr sein
Durch Schutt und Asche gehe ich
Durch das was einst die Tür ganz fein
Lass die Scherben hinter mir nun endlich

Ich weide mich in meiner Trauer draußen
Unter der alten Trauerweide
Mein Innerstes kehrt sich nach außen
Ich sehe meine Eingeweide

Kann mein Zuhause nicht mehr finden
Zu viel Staub und zu viele Tränen
Ich sehe langsam mich verschwinden
Und niemand wird es mehr erwähnen

〰Meine Gedichte〰

hnm, "l'hérault des nouvelles macabres"
Peter Hipp 📖

Ich weide mich in meiner Trauer draußen
Unter der alten Trauerweide
Mein Innerstes kehrt sich nach außen
Ich sehe meine Eingeweide

Ich habe mir ein Haus gebaut
Zum Schutz vor allem Bösen
Ich habe es allein gebaut
Nun tut es auf sich lösen

Ich weide mich in meiner Trauer draußen
Unter der alten Trauerweide
Mein Innerstes kehrt sich nach außen
Ich sehe meine Eingeweide

Löwenherz

Es fiel der Apfel weit vom Stamme
Das brach des Baumes hölzern Herz
Und wie er faul am Boden lag
Da wünschte er ihm ein Löwenherz

Der Apfel war nun Feuer und Flamme
Nur ein Stich beschied ihm Schmerz
Er lag noch nicht mal einen Tag
Und Würmer bohrten sich ins Herz

Sich ins Erdreich einzugraben
Das begann er mutig ab sofort
Immer tiefer geriet sein Loch
Ein heldenhafter Apfelort

Die Würmer sich weiter an ihm laben
"Ich werde bleiben an diesem Ort"
Sein Mut stieg auf ein neues Hoch
Er warf sich in das Loch hinfort

～Meine Gedichte～

hnm, "l'hérault des nouvelles macabres"
Peter Hipp 📖

Wir wissen nicht was dann geschah
Denn kaum einer hat noch Zeit
Die Würmer haben ihn zerfressen
In seines Loches Einsamkeit

Ein kleiner Baum dem Himmel nah
Wuchs höher gar noch mit der Zeit
Keiner konnte ihn vermessen
Doch war sein Mut von Gott geweiht

Atemnot

Einatmen
tief die kalte Luft in
die Lungen ziehen
Ausatmen
der Luft hinterher sinnen
bis sie erkaltet ist

Doch wenn kein Baum
mehr Luft
produziert
und der Smog uns benebelt
bleibt das Frischluftverlangen
ungestillt

Einatmen
tief den kalten Rauch in
die Lungen ziehen
Ausatmen
dem Leben hinterher sinnen
bis es erkaltet

﹌Meine Gedichte﹌

hnm, "l'hérault des nouvelles macabres"

Peter Hipp 📖

Doch wenn kein Geist
mehr Ideen
produziert
und uns Vorlagen bestimmen
bleibt das Kreative
unentdeckt

Am liebsten allein

Alleine bin ich
fast nichts

So wie eine Schneeflocke
noch keinen Winter macht
so richte auch ich
fast nichts aus

Alleine bin ich
fast nichts

So wie ein Sonnenstrahl
noch keinen Sommer macht
so richte auch ich
fast nichts aus

Alleine bin ich
fast ich

〰Meine Gedichte〰

hnm, "l'hérault des nouvelles macabres"
Peter Hipp 📖

Ich bin Sonnenstrahl und Regentropfen
bin faules Laub und Schneekristall
Alleine richte ich nichts aus
doch finden die anderen mich
nicht

Mein Hobby

Ich schreibe Gedichte
Mal Kritisches mal Heiteres
mal Liebesgedichte
mal Belangloses ohne weiteres

Es ist eine Leidenschaft
mit Worten zu spielen
manch Zusammenhang der Sinn schafft
mal frei von irgendwelchen Zielen

Ich will es nicht aufgeben
vielleicht werden sie entdeckt
Doch gehören sie zu meinem Leben
ich halte sie noch ein wenig versteckt

Was wollt ich machen ohne sie
Sie geben den Gedanken Raum
So schreibe ich sie irgendwie
und mach erlebbar manchen Traum

﹋Meine Gedichte﹋

hnm, "l'hérault des nouvelles macabres"
Peter Hipp 📖

Mein Hobby nicht gewöhnlich
es kostet mich nur wenig Geld
Die Reime stehen versöhnlich
die Verse zeichnen meine Welt

Er – im Sterben lag

Als er seinen letzten Atem
auszuhauchen ansetzte
sprach er zum ersten Mal von dem
was ihn tief berührte und verletzte

Er redete in klaren Worten
so klar er sonst nur schwieg
Von Freunden erzählte er und
Konsorten
und auch ein wenig vom Krieg

Und als die Lichter dann verloschen
hätt' ich ihm noch viel zu sagen
Noch manche Rede gern gedroschen
doch holte ihn schon der schwarze
Wagen

ᨈ̃ Meine Gedichte ᨈ̃

hnm, "l'hérault des nouvelles macabres"
Peter Hipp 📖

Das ist Leben

Den ewig andauernden Sonnenuntergang
anzuschauen
Der gerade hinter den Bergen
verschwundenen Sonne
hinterher zu schauen

Zeit spielt keine Rolle
weil sie nicht vergeht

Alle Facetten des orangefarbenen Lichts
begutachten

Dieses gewaltige Licht- und
Naturschauspiel macht mich
so seltsam froh

Nichts denken und nur zu empfinden
wie die Szenerie wirkt

 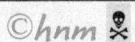

Alles so lassen

Nichts daran ändern

Bloß nicht

Mein Gesicht wirkt im orangefarbenen
Sonnenuntergangslicht
so seltsam entspannt

Ich muss nicht altern und
lerne nichts dazu

Schön, dass ich
diesen Gedichtband
veröffentlichen durfte!

Danke!

für 57 Perlen

hnm

~~~Meine Gedichte~~~

hnm, "l'hérault des nouvelles macabres"
Peter Hipp 📖

© 2016 hnm Peter Hipp

Erstauflage
Umschlaggestaltung, Illustration: tredition GmbH,
Peter Hipp
Lektorat, Korrektorat: tredition GmbH
weitere Mitwirkende: tredition GmbH

Verlag: tredition GmbH, Hamburg

ISBN Taschenbuch: 978-3-7345-4282-4
ISBN Hardcover: 978-3-7345-4283-1
ISBN e-Book: 978-3-7345-4284-8

Bibliografische Information der Deutschen
Nationalbibliothek:
Die Deutsche Nationalbibliothek verzeichnet diese
Publikation in der Deutschen Nationalbibliografie;
detaillierte bibliografische Daten sind im Internet über
http://dnb.d-nb.de abrufbar

Zeitfracht Medien GmbH
Ferdinand-Jühlke-Straße 7
99095 Erfurt, Deutschland
produktsicherheit@kolibri360.de